5
over a wall
literary coterie

커피보다 진한

2014년
맥놀이창작동인
맥놀이 제1집

커피보다 진한

맥놀이창작동인

담장너머

시간이 흐르고 나서야 사람들은 말하지

그 소리만큼 아름다운 소리는 없었다고

시의 맥놀이

'맥놀이(beating)'는 '진동수가 다른 소리가 간섭을 일으켜 세졌다 약해졌다하는 현상'을 말합니다. '맥놀이 현상'의 대표적인 예가 선덕대왕 신종(에밀레종)입니다. 어린아이가 우는 듯 '어엉~어엉~'하며 더 크고 더 멀리까지 신비한 울림을 내지요. 세계에서 유일한 한국 종의 특색입니다.

창작동인 '맥놀이'는 2013년 3월 20일 발족하였습니다. 시인, 작가, 화가 등이 구성원으로 예술을 사랑하는 누구나 참여가 가능한 모임입니다. 우리는 한 달간 준비한 시를 작품집으로 만들어 발표하며 창작의 울림을 키우고 있습니다. 맥놀이의 특색이라면 발표한 시를 모임에 참석한 각자가 평을 해주면서 해체하고, 다시 짓고, 심지어 부숴버리기도 합니다. 그 아픔에 내 안의 내가 엉엉 울기도 하지만 견디고 인내한 시간이 오늘의 동인지로 탄생하였습니다. 앞으로는 다양한 장르의 예술을 경험할 수 있는 모임으로 발전하기를 기대합니다.

희망찬 새해가 밝았습니다. 뜻을 같이하시는 분은 등단 여부와 관계없이 누구나 환영합니다. 그동안 열심히 시작에 참석해주신 '맥놀이창작동인' 모두에게 머리 숙여 깊은 감사의 마음을 올립니다. 여러분 모두의 앞날에 만복이 가득하시길 바랍니다. 감사합니다.

2014년 1월, 회장 김재현

■차례■

커피보다
진한

**맥놀이
창작동인**

김재현
월간 〈스토리문학〉 동화 부문 등단
월간 〈문학세계〉 시 부문 등단
맥놀이창작동인 회장
사랑방시낭송회(광화문시인들) 상임시인

녹슨 감정 배어드는 낙엽 외 9편

김 재 현

　부실이라는 단어를 되살리는 건 딱딱해진 기억을 물렁한 언어가 찌르기 때문이다 단단히 거머쥔 나사 하나씩 흘릴 나이 녹슬고 어귀가 뭉개진 육각의 나사못 허리 꺾고 신음을 토하고 있다 아스팔트 위에 널브러진 붉은 살점의 외마디 전날의 빗방울로 녹슨 감정 배어드는 낙엽 같은 생활 시름 깊이 사무쳐 그림자 덮고 잠을 자고 그림자로 꿈을 꾸다 세찬 봄바람에 비실하고 비실備悉*한 낡은 나무 경로당 간판 놀라서 덜컹

* 비실: 갖출 備 모두, 남김없이 悉. 어떤 일을 두루 잘 앎.

창문을 껐다

　침묵의 스위치가 켜졌고 소음들이 방구석으로 기어들었다 귀를 닫았다 고막을 두드리는 언어들을 무시했다

　눈을 감는다 빛을 닫아걸기는 쉽다 어둠은 순식간에 침묵한다 이제 내면의 소리에 귀를 기울인다 새침데기 내면은 스스로를 드러내지 않는다 어둠이 옅어지면 모든 문을 열어야 한다

　날이 밝는다 아직 뽑아버리지 못한 어둠이 많은데 들어오지도 나가지도 못하는 이것이 방의 소리다

물의 하늘

궁창에서 작은 알갱이 비 내려요 비 그친 물웅덩이 물의 하늘 나무숲으로 발 들이밀죠 잔잔한 수면에 동그란 물결 일어요 수면으로 발목 무릎 허리가 하염없이 잠기더니 머리가 쑤욱 빠져들었죠

새 하늘 새 땅 천상에서 한낱 먼지되어 지극한 즐거움 극락을 봐요 윙윙 비파와 거문고 소리로 울리고 영혼은 그 소리에 맞추는 맥놀이 마른하늘에 벼락이 허공이 둥근 비트에 춤 춰요

어깨에 돋아난 습 날개 되어 물방울로 자라요 진주 속에는 날카로운 조각이 숨어있고 빗방울 안에는 먼지조각 들어있죠 맑은 물 보내는 심부름꾼이 먼지 같은 존재 씨는 결실을 위해 자신의 몸을 반으로 쪼개죠 메마른 대지에 벼락과 번개의 불꽃이 나팔 불어요

나무들과 동물이 하늘을 우러러요 한 점으로 부서질 시간 만물이 고대하던 순간 물방울들 눈웃음으로 말해요 모여서 강이 되는 물은 유리바다가 있는 낮은 곳으로 흐르죠

휘~익 툭, 투두둑.

時들다·1
– 젖은 유리창

메마른 감성
젖은 유리창 시가 시들었다
찢어진 포도주 점 점 점
흰 종이 위로 붉게 빠져나간다
전구 아래 흐늘거리는 낙타
흰 모래 위를 건너는 시간
피 흐르던 붉은 언덕마저 시들
황량한 들판 어디에도 시는 없다
메마른 감성 시–들어간다
시시한 아침 흰 종이 하늘
어둠을 걷어내는 종이 울리며
붉은 점 점 툭 핏빛 글자로 물들다

時들다 · 2

– 잘려진 물음

물관으로
빨아올려도 시들지
모두들 꽃과 잎에 집중하지만
링거 병에 담겨진 시
잘려진 물음이 쓰지
꽃잎으로 시를 쓸 수 있다면
줄기를 거꾸로 쥐어야겠지
이미 시들어 쓰이는
오래 묵은 시는 참-시다
마른 감성 젖어드는 하늘
종이 사막은 낙타가 필요 없지
낙타는 흠뻑 젖어 물 위를 걷지
발에서 시의 뿌리가 내리지

간절한 바람

잎이 떨어질 때 소리도 함께 떨어지고
분분하게 흩어지는 소음으로 계절이 지네
저마다의 색깔을 가지고
저희들끼리 소리치며 모였다 흩어지네
거리가 멀어질수록 작아지는 소리
간절한 바람 부서지지 않고
잘리지 않고 상처받지 않고 전달되기를
그 마음이 온전히 다가오기를
하지만

가까이 있는 소리 먼 소리를 자꾸만 흩뜨리네

손바닥에 새겨진 바람

꿈을 펼치니 세상이 아래에
꿈을 접으니 땅에 꽂힌다
날개를 펴는 것조차 힘들어 날아오른 날보다 찍힌 날
이 많았다
꿈의 축이 무너져도 양심이 가리키는 방향으로만 걸었다
두 손으로 균형을 잡았지만 꿈은 쓰러져 쌓였다
어두운 마을 꿈의 묘지에 두려움만 꿈틀거린다
손바닥에 새겨진 바람의 길과 인생 미완의 등고선_{等高線}
바람에서 멀어질수록 미래를 헤아리는 건 힘들고
인생의 방향을 놓칠 때마다 상처가 늘고
꿈이 죽어 꿈들이 묻힌 자리 하늘에서 비 내리고
햇살이 비친다 마른 뼈에서 싹을 틔울 거다

일본

그들은 일제 때 빼앗은
대마도를 쓰시마로 부른다
거꾸로 읽으면 마시쓰(맛있어)가 되고
독도는 다케시마로 부르는데
거꾸로 읽으면 마싯케따(맛있겠다)가 된다
맛있었으니 또 먹겠다는 말이다

진도津島를 삼국시대에 대마도對馬島라 했다
대통령 이승만은 정부 수립 직후 대마도를 되찾고자
'대마도 속령屬領에 관한 성명'을 1948년 9월 9일 발
표했다
약탈 문화재 반환 요구와 한일회담 협상 등에서
60여 차례나 끊임없이 돌려달라 요구했다
2005년 6월 17일 참다못해
경상남도 마산시는 대마도의 날을 선포했다
마이니치신문은 이 일을 '혼란유발 우려'로 짧게 보도
했다

우편번호 799-805
경상북도 울릉군 울릉읍 독도리 산 1-37번지
천연기념물 제336호
독도獨島는 발기한다

1876년 일본은 해군성의 조선동해안도朝鮮東海岸圖에
독도를 한국 소속으로 표시했다
일본이 독도를 한국영토로 알고 있었다는 증거다
대한민국은 독도의 실질적 지배자인데
일본은 독도영유권을 국제재판소에 회부하자 제안했다
대한민국은 말한다
명분 없는 일은 그만해라

660년 백제에서 파견됐던
'예군禰軍 묘지명'의 문장
'해가 뜨는 곳'의 일본日本은
당시 백제 땅을 일컫는 말이었다

해좌海左 영동瀛東이라 불렸던 일본은
놀라고 놀라라
이제 이름을 되찾아야겠다!
재팬JAPAN을 거꾸로 하면 팬재(팬 재)
원한 갚는 것은 하늘에 있으니*
차마 원수여도 사랑하겠다

해 뜨는 동방 대한에서
이제 광명의 빛이
온 세상에 비치고 있음이니
독도여 빛을 뿜어라

* 롬 12:19

다시 달력을 넘기며

노래가 눈과 내려
무지갯빛 조명들이 빛을 뿜고
도시의 안개가 자욱한데
예수탄생을 기다리는 사람들
'하나님도 농사꾼' *이라는 말씀이 생각나서
하늘을 보며 깨진 돌계단을 보며

지상에서 높은 동네
푸른 하늘과 맑은 안개의 언덕
자식은 하늘이 짓는다하네
하늘밭에 심겨진 희망
빛나는 씨앗별 하나에 눈물 한 방울
부모의 손길로 자란다

희망을 가득 채우는 달에서
다시 달력을 넘기며

* 요한복음 15장 1절 : 내가 참 포도나무요 내 아버지는 그 농부라
* 마태복음 13장 24절 : 예수께서 그들 앞에 또 비유를 들어 이르시되 천
  국은 좋은 씨를 제 밭에 뿌린 사람과 같으니

노른자

"풀어진 흰자에 떠있는 노른자"

검고 둥근 바탕에 다이아몬드
프라이팬 하늘을 올려보며 말한다
노른자가 빛을 잃고 허공을 흐른다
아무 맛도 느껴지지 않는다
감성도 습이 있어야 역할을 다한다

"자기 고뇌의 연속선에서 외줄을 타는 광대"

마음이 흔들린다
치익-칙 날달걀이 익어간다
쇠젓가락이 달 사이로 다니고
네모난 달걀을 만들 인간의 의지
둥근 신의 형상은 오래전에 잊었다
소금을 간간하게 뿌린다

"병아리 난다"

커피보다
진한

**맥놀이
창작동인**

최민수

1995년 《르네상스》지로 작품활동 시작

맥놀이창작동인

방송통신대학교 국어국문학과 재학중

(주)엘케이지 근무

점박이 나비 외 9편

최 민 수

점박이 나비, 날개 한 장
멍든 세상을 날아 또
오늘은 어디를 가려하나
바람의 매질 가혹한데
살려고 발버둥치는 네 모습
아프고 또 아프다

점박이 나비야!
모자란 잠에 취해
똑바로 가지 못하는 세상
빛의 포승줄로
너를 묶어 제물로 쓰려하니
빨리 떠나가거라

나는

어느 나라 사람인가?
프랑스인의 철도를 타고
미국 소고기를 먹고
브라질 오렌지를 먹고
일본 담배를 피워야하고
이태리에서 만든 옷을 입어야하고
인도네시아 전기를 사용해야하고
중국 생필품을 써야하는

나는, 어느 나라 사람인가?

가시나무새

피 흘리며 소리 내도 들어주는 이 없지
두꺼운 도화지를 스케치북 사이로 끼우듯
지하철 사람들 사이 몸 하나 끼우고
이리 밟히고 저리 차이는 아침
요란한 공장 기계에 끼인 땀 냄새 소리
악몽 같은 세금 명세서 속에 살아가는 소리

시간이 흐르고 나서야 사람들은 말하지
그 소리만큼 아름다운 소리는 없었다고

비열한 바다 건너에는

아수라장이 되어버린 공간에서
여덟 살 어린 아이도, 칠십 노인들도
그 목적이 같아야 했던 그날
둔탁하게 분쇄되는 산소 입자의 파편
가슴에서 비명을 이끌어낸
삶의 시작과 끝이 같아야 했던 그날
숨쉬는 모든 것들이 그냥 감사할 뿐이다
누구의 지시인가?

사과

군표를 손에 들고
노려보는 눈동자들
피할 수 없는 수치심
껍질 채 벗겨졌던 순결
한 입 베어물린 하루
놓을 수 없는 삶
휴지통 속에 던져진다

아버지

한숨, 담배 연기에 담아
바람에 날려 보낸다
세월이 흘러도 자식들은
아직도 아버지라 부르는데
일흔, 마음은 청춘인데
나를 기록하는 세상이
그 흔적을 삼켜
늙었다 말한다

암언暗言

형체 없는 창, 칼이 사방에서 날아오고
아홉 방향 이야기는 매일 같은 노래
뚜렷한 형체 없는 물거품 속에
피 흘리는 날들 저물어가는데
풍랑을 만난 바다에서
물고기 한 마리 잡지 못함은

선장의 잘 못인가 어부의 잘 못인가

전선연가

나 죽어도
이 몸이 차갑게 식어도
슬퍼해줄 전우들 곁에 있으리니
포탄맞은 땅의 울림
총알 박혀 슬픈 하늘
사방을 분간할 수 없는
이 낯선 땅에 노송은
초록색 향을 피워
내 죽음을 애도하리
총성이 불러주는 장송곡
그대, 나 죽어도 슬퍼마오

하소연

어둠에 익숙한 하루
짐승 같은 이빨 앞에
배고픈 삶을 강요받는 오늘
나는 노동자

하루, 살아진다

Heaven to mail

짧은 굉음 사라진 젊음이여
차갑고 어두운 시간보다
따듯했고 밝았던 그대들의 목숨이여
온다 간다 말도 없이 떠나보낸 연평의 바다
바람보다 시리고 차가웠다
하늘도 울던 그날이여
피 뿌리며 사라진 그대들의 가슴으로
날려보낸다

내 눈물의 농도만큼
내 영혼의 온도만큼

커피보다 진한

**맥놀이
창작동인**

박미량

2009년 《한맥문학》 시부문 신인상 등단

맥놀이창작동인

한맥문학동인회 회원

한국문인협회 회원

성남문인협회 회원

새에게 외 9편

박미랑

새야
구름을 끌고 가는 바람의 심사를 아니

새야
나를 빛 바랜 이정표 앞에서 멈춰
말 못하는 입으로 오랫동안 적조하게 한 그를 아니
더이상 돌지 못 하는 젖은 바람개비 같은 내 이야기를
아니

새야
구름을 밀쳐내고도 바람은 맑은 하늘을 보여주지 못하
는구나
오히려 굵은 소나기가 되어 5월의 이정표를 적시는구나
젖으면 생기있는 걸음으로 또 길을 가게 되는구나

새야
바람과 구름은
충돌하면서
생명을 얻는다는 것을 너는 아니
네 날개가 그리고 간
보이지 않는 선을
오랫동안 보려고 했더니
하늘만 높더구나

가을은 전설이어라

짙푸른 녹음 속에
잦아들던 뜨거운 호흡도
서서히 풀잎 이슬로 내려앉는다
그런 시간에 대하여
떠나는 것들은 밑거름을 남기고
우리 곁에 어떤 모습으로든
살아서 안겨오는 것
메마른 가슴에 피어나는
한 송이 들꽃으로
갈대밭의 몇소절 노래로
가을은 붉은 전설이어라

등 뒤에서

타인의 등을 보게 되거나
가족의 뒷모습을 마음에 담는 날이 있다

자신만이 볼 수 없는 그런
등과 뒷모습
나이가 들어 갈 수록 눈에 빠르고
누군가와 함께 했던 시간이 지날 수록
굳어지는 내력

좁은 다리를 건너는 것은
물리적 힘 만이 아니 듯
갸날프게 흔들리는 등 뒤에 서서
울음을 삼킨 적 있는가

삶은 앞으로만 걷는 줄 알았는데
그래서 앞으로만 걷고 싶은 누군가
뒤에서 밀어 주었으면 하는 등

비켜가지 못하는
한 줄기 바람
주저없이 등을 감싼다

가난의 시대

곰팡이를 닦지 못한 방관은
푸른 빛으로 빠르게 번져갔지

일년에 한 번씩
허파에 바람을 키우는 지폐
변색 된 욕망으로
부모의 고삐가 흔들리고
도깨비 방망이를
특효약으로 처방한
불만을 구겨넣을 새도 없이
그득하게 채워지는 체면

누구에게나 허용되는
외제 책가방이 아니라고
잔뜩 힘이 들어간 아이의 어깨에
풍선을 매달아 놓았지
허기를 채워 줄
풍선처럼 부푼 찐빵을 과식한
아이들의 둔감한 위장보다
곰팡이 냄새 진동하는
어른들 세상에
살고 있기 때문이지

표지판

적절한 자리에서 나를 봐주길 기다렸지
내가 없어 난감할 때가 있고
잘못된 나로 인해 낭패를 볼때도 있고
그 일은 미안해
나로 말 할 것 같으면, 여러 문양으로
눈동자만을 끌어모으는 말없는 안내자
알잖아. 어느날은 급한 용무까지 해결해 주는
반가운 얼굴이지
언젠가는 내가 얼마나 필요한지 인식할거라 믿어
안전과 통제 그리고 지시와 금지
어떤 명령 보다 깔끔하고 당당하거든
달나라에도 보이지 않는 내가 있는걸 아니?

달과 6펜스의 이야기가 생각나는 길에서
하늘비로 세수를 하고
바람을 맞으며 때론 끊임없이 흔들리지만
가야 할 곳으로 자꾸만 손짓하는 내게
눈화살 한 방 쏘아 올리고
푸른 신호를 따라 습관처럼 걸어가겠지

혹 길을 찾아 헤매는 누군가에게
확실하고 뚜렷한 방향을 알려주고 싶은
나의 역할 또한 그랬으면 해
항상 길잡이가 되어줄게

가을나기

바람, 말문을 닫아
어디에 있건 무엇을 하건 하늘만으로도 족한 가을
흐려진 눈은 세월 아닌 햇빛 부신 하늘이다
누구를 위한 시간인가 어찌 더는 뜨거워 지지않는 가슴
빛을 등지지 않아도 스르르 열리는 어둠 속
꿈으로 걷는 길가엔 낙엽이 수북하다

고백

- 흐르는 만년설

눈물의 뿌리는 하나지만 뿌리 속에서 솟아나는 눈물은
여러갈래가 스스로의 언어로 흐르는 것을 알았다
산을 오르지 않고도 숨 막히게 턱까지 차오르는
눈물을 쏟아내면 고요함만이 그 언어가 된다

장마의 항변

아침부터 뜨거운 얼굴로 반기는 메꽃
삐삐 말라 머리만 무거운 강아지풀
멋대로 자란 풀잎에 숨 소리가 노랗다

어둠에 젖은 땅이 마르기도 전
스멀스멀 안개로 피어나는 해를 받치고
타들어 가는 세상 것들에 참지 못한
하늘은 울음보를 쏟아낸다

살아 있는 자
한바탕 마음껏 울어나 보리라
곪아버린 상처를 핥아내는
땡볕
바로 네가 있기 때문이란다

갇혀버린 생을 관조하다

병실 유리창에 채워진 풍경
주체할 수 없는 눈물은
푸른 나무에 걸리고

생의 기억들이
링거에서 떨어지는 순간

환자복을 입고서야
내 살의 냄새를 맡게 될 줄이야

나뭇가지에서
하얀 편지를 쓰던 새가
갇혀버린 생을 관조한다

땅

불모지 딛고 선 생명
품고 싹틔운 뽀얀 젖가슴
결국은 한뿌리에 닿아 있다

억겁의 꼬리 물고
의심이 여지없이
시간을 굴리고 있다

커피보다
진한

**맥놀이
창작동인**

엄순미
성균관대학교 불어불문학과 졸업
맥놀이창작동인 부회장
제1회 개인전 〈몽심의 노래〉전 외 5회
해외부스전 3회, 단체전 다수
한국미협, 고양미협, 고양여성작가회, 임진
강회 회원

글루미선데이 외 9편

엄 순 미

꽃이
또 한 꽃에게로
온전히 갈 수 없어
지는 것임을

사랑을 잃은 빈집들
너무 쓸쓸하다고
등질 수 있는 세상임을
문득 지나던 바람이 일러준다

열망이란 이름 달고 뽐내던 몽울들
다투듯 피어오를 때
맘껏 시샘하던 검붉은 질투
고스란이 멍드는 가슴팍이다

아무도 모르게 신음하다
꽃, 꽃이
먼저 세상을 버리는 것임을
이제 분명히 안다

먼 그대의 피다만 사랑에게
무어라 말못하고
늘 혼자인 꽃
꽃이 지금 운다

부득이不得已

안개 자욱하다 하여
세상 온통 흐릿하여
미망이라 하여
내 마음 흔적 없이 지워졌다 하여
굳이
보이지 않는 사랑이라 하여
그대 놓을라치면
부득이니
그리 아소서

이별가

당신 가슴 한 켠 빌어
사는 동안
세는 한푼 내지 않아도 되었네
주인 몰래 가져온 가슴 한 쪽
뜨거운 감자 되어
처음엔
손에 꼬옥 쥘 수도
마음에 털썩 붙일 수도 없었네
그저 계절이 몇 번씩이나 바뀔 때에도
옮겨 놓기 바빴네

자꾸만 달구어지는 감자
심장 곁 속주머니 깊숙이 품던 날
그대의 뼈 속을 보았던 거네
X-레이 필름처럼 당신이
통째로 내게 온거네
지독하게 가난한 나
세조차 내지 않으며
당신 가슴 한 켠에서 오래 살았네
이제는 몰래 그 가슴 한 쪽
돌려주려 하네

빈 속주머니 달랑거리며 돌아서지만
그걸 이별이라 말하고 싶지 않네
지구 저편, 당신
사라지는 날까지
이별, 아니네

환상통

젖은 모래가 일어선다
그것들 흩어지는 시간 위로
덮친 조용한 먼지
안개는 무죄가 된다
전선이 지나가는 자리
몽유하는 새들
검은 점, 점
몸을 찍고

겨울 판화 한 점
이리저리 이동하는 연무 속
사방 거울의 미로 겹겹
슬픔 지우며 들어가는
뒷모습, 지상의 몸 하나
저기 저어기 들판 가운데
이른 아침
거기 그대 잠들어 있을 것 같은

검은 섬 하나

의자

마음 한자락
그리움의 지도 한 켠
빈 의자 하나 들여놓으니
기다리는 주인의 마음
아는 듯 모르는 듯
심심한 의자, 오전 10시면
우체국 가는 바람 부르고
축구 본다고 통이네 담장 넘는 햇살 부르고
더러는 먼지 불러들인다
자꾸만 쌓여가는 그 더께 위로
어리는 얼굴
불면 날아갈세라
가만히 둔다

竹歌

　끊임없이 속을 비우는 건 멀리로 오르기 위해서야 오
직 곧게 뻗고 싶었던 어릴적 오랜 꿈이지 그곳에서 만날
바람에게 또는 하늘에게 해 줄 인사도 준비했어 그냥 수
줍게 웃는거지 뭐, 안녕 하면서 말야 멀리로 보이는 풍
경들을 사랑할거야 나를 기다려 준 새들에게도 노랠 불
러주면 오래도록 곁에서 쉬다 가겠지 그거면 됐어 비워
진 속으로 드는 바람만 품어도 나는 행복할거야 쓰러지
지 않는 것만으로도 대견해 늘 웃을 수 있을 거야 대숲
사이사이로 그 웃음 휘돌아 멀리멀리 마을로 간 그 소리
모든 사람들을 어루만져 주었음 좋겠어 그뿐이야

월식

새까만 몸뚱어리 남의 가슴에 맡기고
숨어든 꽃잎 하나 뽑으려 마음 먹으니
문질러지는 아픔이 그리도 즐겁고나
그 여린 꽃잎을 감춘지
몇 해든고 한결같이
엎혀있던 체증이 풀어지고 풀어진다
벼루는 동그란 심연 사이로
화닥증난 가슴팍 여며쥐고
본디는 돌이 아니었다고 자꾸만 말하누나
한없는 외로움만 수렁처럼 토해내던 먹
벼루 옆에 누워 잠이 드니

꿈 끝에 매달린 매화 배시시 몸을 푼다

아우라지, 여량에 가면

잠자코 있을 수 없는 산
불쑥 말을 거는 사내처럼
정선아라리 곡조 흐르는 동강 따라
저만치 숨은 강줄기 한 도막
젖숨 토하는 아우라지, 여량이르면
그리운 님, 따라 잠든 처녀의 고요
종일 반짝반짝 시간을 좀먹고
멈춰선 사랑 곱씹고 곱씹는 강물소리
목에 두른 바람조차 숨죽이는
그대의 발자취 너머너머로
세월아 갈테면 가라
님아 갈테면 가라
서리꽃 하얗게 일어나는 울음
목놓아 울고 싶어라

그곳, 여량에 가면

침향무

첫번째 연 앉아 운다
두번째 연이 뒤따라 운다
　·
　·
　·

흰 소복 정갈히 입은 몸
살풀이로 휘돌다 풀석
사라지는 찰라, 잠깐
왜울지
답을 줄 시간조차 없다
조용한 춤사위 뿐

나는 향을 보고
허공은 향을 먹고
그 속으로 들어가지 못하는 나
춤추지 못하는 내가
하염없이 사르르
따라 운다

문상

– 대필일기

둘째야, 멀리서 올 너희들을 못 볼 것 같아 오늘 아침 밥은 참으로 깔깔하더구나 자꾸 가벼워지는 육신 다 버리고 훌훌 이제 마지막 침실로 들으련다 살아 있던 날 내내 욱신거리던 몇몇 세포들 아직도 몸의 후미진 구석을 돌아다니는지 따스한 아픔 잠시 뼛속으로 들어오는데 애야, 저리도 청명한 하늘색 볼 수 없음이 그저 가슴 아리다 너희들의 아픔은 내가 준 마음에 비례해 흐를 것이고 다 나누지 못한 사랑일랑 이어 나누어라 마당 한구석 소리없이 크던 배춧잎 곡을 하는지 연두빛 습기가 자꾸 들어와 눈 밑에 고이누나

한번 더 보듬어 줄 것을
눈길 한번 더 줄 것을

꽃으로 둘러친 상여 드는 순간 니 에미의 눈물 속에 상처난 바람 숨어드는 것이 보이는구나 아, 꽃들이 나를 나르는가 상여꾼 발맞춤이 신명에 닿은 듯, 내 몸뚱이 하늘로 오른다 떡대 같은 어깨 내어 준 용세아범의 구릿빛 얼굴 후덕한 메주를 닮아 있어 고맙다 점점이 들려오는 포크레인 소리에 퍼뜩 눈뜨고 싶은 걸 넌, 아니? 이제 의식의 한귀퉁이 모아놓은 추억 보자기에 싸야겠다 그것이 지상으로 오르는 날, 산국은 한무더기 춤출 것이고 적송은 산새들 넉넉하게 품을 것이다 둘째야, 내 마지막 일기는 이제 끝내련다

무덤 속 황토흙 참으로 따스하구나

커피보다 진한

맥놀이 창작동인

전용숙
창조문학 신인상 등단
맥놀이창작동인
예촌문학 동인회 회장
회장사랑방시낭송회 상임시인
시마을 회원, 한국문인협회 회원

달동네 외 9편

전 용 숙

저녁이 달그락달그락 익어갈 무렵
닿을 수 없는 달이
형체 없는 소리들로 불 밝혀
매일 둥지를 트는 어둠의 등성이

찬 손이라 내밀 수 없는 인사도
웃음으로 답하는 오르막 마을버스는
잃어버린 행복을 뒤지느라 더딘
걸음걸음 헐한 웃음을 뿌려대고

달이 있어 환한 길목
달그림자 선명해진 집들이
흑백으로 달리는 드라마가 한 창
그저 가득해 가는 달소리

매일 마중하는 달 밑에서
배웅하지 못하는 새벽녘까지
손모아 인사할 줄 아는 시간
서로 깍지 낀 소리들 담을 이룬다

오래된 길

그해
저만치 피었던 꽃
고요한 꽃자리
꽃은 어디로 날아
누구의 향기로 남을까

그해
너그럽던 햇살 맞은 편
함께한 자리
움푹 패어 날지 못하던 바람
아직 체취 그대로 기다려

길 없어진 자리에 길
손끝으로 낼 수 있을까
더듬어 돌아가는 곳
함께할 자리 남아 있을까
그해처럼

오래 묵은 발은 무겁고
더딘 시간
타둑타둑 소리에 밀려
걷다 걷다
오래 묵은 길

월광 소나타

허연 속을 드러낸 달
감출 수 없는 것들 줄줄이
밤의 등줄기로 오른다

숨어도 술래가 되는 시간
단속되어야 할 것들이 활갯짓
부산한 발자국들의 흐트러짐
달리는 들개의 발길 드러나
이빨자욱 선명한 밤의 초침들이
하나 둘 새벽속으로 숨어들면
보호 받았을 그 곳에
침입자가 되는 것은 버려짐의 복수
버려진 밤의 사체는 미명에 묻고

또 다시 버리러 가는 손
이빨 감춘 개들의 비명이
밤을 기다린다

풍경 · 3
– 마실

달이 발 동동 구르는 기척
할머니 치마꼬리 따라
문턱 넘어 마을의 속살 속으로
밤 지도 그리다

처녀총각 연애사 숨겨주던
개구리 소리에 할머니도
눈을 돌리고
달만 웃었던

달빛에 쫓겨 돌아오는 길
굴곡진 할머니 등은
편치않아도 잠든 척 늘어뜨린 팔
집까지 와

등 쓸어주던 달빛
하품 하고서야
장지문 고리 거는 소리
어둠에 묻히다

크리스마스 변천사

폭설에 못 온다던 산타는
옆집 아이에게 착한 아이 이름표를 달아놓고
문풍지를 두드리던 바람
같은 반 아이에게만 인형을 주었지
몇 번 되지않는 거짓과
엄마 아빠의 압박은
나를 바른 아이가 아니게 했었지

그러니까 엄마 말 잘 듣고 거짓말 하지 말라고

아이가 바라는 선물은 늘 네모
작아지기만 하는 선물은
아이 마음을 거스르는 통증
아이의 깨금발이 시리다
기차와 제트기로 올 수 있는 거리
시린 등에 대고 약속해 봐도
아이는 몇 번의 거짓에 묶여 울었다

내년엔 엄마 말 잘 듣고 거짓말하지 않겠다고

울지도 못하면서

차라리 울어라
그저 가슴만 치던 몸부림
일본에겐 추억의 드라마
혼돈 속 꽃들
흩날리며 삼십육년

세월을 할퀴다
닳아가는 손톱
지난날은 새벽꿈에 걸린 걸개
오롯이 남은 두 다리
그날을 훑기엔 야위어 가고

꿈에서만 볼 수 있는 날들
내일이 오면 늘어날
영정사진 하나
울지도 못하면서
여름을 견디다

날 좀 보소

그럴듯하게
줄 지어 선 언어대장
여름을 누비는 기억력 감퇴
끈적이는 발바닥
발가락 사이 바람이 고마워

숨어버린 시
머릿속을 뒤져도
흔적없는 감성조각
꼭 꼭 숨어라
술레라서 덥다

매미에 쫓겨 들어온 잠
너덜거리던 언어지도
보물찾기는 가능할까
시어 한 줄 훔쳐
손가락 춤사위에 미치다

눈 둘 곳이 있고 없고
벌여놓은 춤판
결판지게 놀다간 들
다시 한 달을 메울까
날 좀 보소 날 좀 보소

아빠의 휴대폰

보지 않고도 눌러지는
당신의 숫자버튼
가신 후에도
보내지 못한 마음 누르면
저만치
움츠린 그리움 일어서
좋아하던 산수유 길
노랗게 따르다

숨 고르던
지하철 계단 저만치
당신의 시간 그대로
지쳐있던 해질녘
퍼즐같던 삶 접어들고
걸어주던 전화 한 통
벨소리 되어 들리던 목소리
꿈으로 머리맡에 묻히다

"괜찮아 오래 있어 주지 못해 미안하다"

기다림의 내역서

시간이 부러진 날
어디 쯤이었을까
가슴에 붙었던 우표
찾을 수 없게 된 자리

꽃이 핀다고
그 꽃이 아닌 걸
혼자 맴도는 시간
길어도 길어도
추억은 쌓이지 않아

그날그날 쌓이는
기다림의 내역서
비어있을 그대 가슴
더 생각나지만
부디 잊지 마시길

내가 대신 간직한
오월, 바람에 날리다

시계소리

두 박자의 규칙은
가슴의 울림과 함께 뛴다
매일매일 달력을 뜯고
시계 안에 움크린 난
진부한 똑딱임에 갇히다

넘나들지 말아야 할
초침과 분침의 경계에서
질겅질겅 깨무는 입술
시간을 뭉쳐 주머니에 넣는

잠들지 못해도
절박하게 파고들어 뛰고
뛰고 뛰고 숨이 막히고
뛰고

건너뛰기를 할 수 없는 한
비정규직 시계소리
머리맡에서 나를 지키다

난 한번도 시계소리가 잠든 걸 본 적 없는

커피보다 진한

**맥놀이
창작동인**

김민서
월간 〈한맥문학〉 등단
맥놀이창작동인
예촌문학 동인회 회원
창작21 회원

나이테 외 9편

김 민 서

연초엔 작심삼일 되더라도
골프를 쳐야지
저녁 굶고 밤하늘 이불삼아 워킹 고 고
앞동산 개나리 진달래 춤출 때
설레는 마음 감추느라 복숭아빛
태양이 눈에 힘주고 불바람 불면
하나둘씩 나무그늘에 숨고
은행나무 열매 떨어지면
하얀 백설기 속살 드러내고
처마끝에 엿줄기 내리면
속절없는 소나무에는
나이테 한 겹 쌓인다

허기

채워지지 않는
믿음 사랑 마시고 마셔도
허기가 가슴을 여민다
억수같이 내리는 비
불어난 계곡물 넘쳐흘러
폭포수가 되어도 채워지지 않는다
바람에 마주 서서
흔들면 흔드는 대로
춤춰주리

기다림 · 1

무엇을 위해 사는가

해가 뜨기를
자식들이 잘 되기를
봄꽃이 피어나기를
가끔 소낙비가 유리창을 두들기기를
눈꽃송이도 날리기를
사랑하는 그 사람 소식이 오기를
가슴아프지 않기를

늘 갈구하는 것이 아닌가

기다림 · 2

무엇을 위하여 살아갈까

아득한 봄날
꽃이 피어나기를

소나기 내려
삶의 한 곳을 쓸어가기를

눈 내리는 날이면
송이송이 눈꽃되어 내려지기를

사랑하는 사람
애달피 기다리는 그런
기다림

6월의 향기

북악스카이웨이 팔각정에 올라
서울 시내를 바라보며
5월에도 차가운 밤바람을 만진다
코끝을 스치는 낯선 6월 라일락 향기가
머물러주지 않을 것 같다
익숙하게 들려오는 컬러링
님 기다리는 초조함에 배가 싸르르
하늘에 별들이 이슬을 머금고
우수수 떨어진다

갈대

동쪽바람 불어오면
서쪽으로 기울고
서쪽바람 불어오면
동쪽으로 기울지

회오리바람 불어
뿌리 뽑힐 것 같지만
허리 휘고 휘어도
꺾이지 않는다

여인의 마음

삿갓 쓰고 집신 챙겨
떠나는 님의 손길 잡지 못하고
눈 마주치면 속내 보이려나
먼 산 바라보네

어찌하라고 어찌하라고
캄캄한 바람소리 님 소식 전하려나
앞마당 냉수 한 바가지 들이키고
쓰린 속 부여잡네

높이 떠있는 별님 내 말좀 들어보소
긴 긴 이 밤에......

모정

그리워서 더 안타까워서
보고 싶다고 안아보고 싶다고
부처님 전에 목놓아 우시며
깨물면 아프지 않은 손가락 없다고?
더 아픈 손가락 있다

하루 세끼 악착같이 챙겨드시며
내가 건강해야지, 살아야지
너, 니 자식 중요하지
난 내 자식이 더 중요하다
도와달라고 무릎꿇으신다

어미니까 할 수 있고
견딜 수 있다
어미니까

언니가 떠나는 날

세상천지도 있는데 이마저 떠나려는가
빈자리 눈물로 채우더니 할 말도 많을 텐데
바람 타고 가려나 세상 곱다더니
강 건너 그 님 그토록 그리웠나

살다가 엄마가 보고프면 저 하늘 별을 보라고
어린 아들 손가락 걸어 약속이라도 하고 가지
노랑 꽃잎 지기 전에 사진 한장 남겨주지
세상에 남겨둔 것이라곤 한 뿐이네

그림자마저 안개로 덮힌 길에
시력을 잃은 친구들 아픔 없는 저 세상에서
영원하자고 꺼억꺼억 울어울어
한줌 재 움켜쥐고 안개 속에 눈물을 던졌다

풍경

뚝섬 파란 나룻배
눈에 아른거리면 스프링처럼 튕겨
사람들 속을 헤쳐 나간다
눈동자 추운데 언능 들어가자
머리 위 밀가루 한 포대
어디서부터 이고 오셨을까

창호지 너머로 달님 고개들이면
따끈한 찐빵 선반 위에 올려지고
유부 수제비 신김치 부침개
맛있게 먹고 나면
옆집 강아지새끼 낳은 거
동생이 소쿠리 엎은 거
열심히 고자질한다

다음 주엔 사과 사다 줄게
눈 덮인 논두렁 빙판이었으면
강물 얼어 배가 뜨지 않았으면
강 건너 뚝섬선착장이 밉다
눈 덮인 논두렁 솜털이 피어난다
눈동자 흔들린다

커피보다
진한

**맥놀이
창작동인**

송동현
2001년 시집『꿈을 펼쳐!』으로 작품활동 시작
맥놀이창작동인, 사랑방시낭송회 상임시인
북디자이너, 도서출판 담장너머 대표
시집『꿈을 펼쳐!』, 『사랑水』

그리운 사람 외 9편

송 동 현

　마른 바람 잘게 쪼개 나눠 맞던 가지들 빗방울을 나누며 피워낸 시간 하얗다 떨어지는 순간이 가장 예쁘다는 벚꽃보다 노란 담장을 만드는 개나리가 더 깊이 들어오는 것은 여럿이 모일수록 더 아름답기에 죽어서 더 그리운 사람 있으니 살아 숨쉬는 자들이여 뿌리부터 빨아올린 저 생명을 태양까지 흩뿌려라

　시의 조각들 모아

서

자다락자락 낙엽에게 말을 건다
보이지 않아도 빨간 귀 세우고
핏줄 드러난 고달픈 흙빛
더는 필요 없다고, 시간
바람 불면 마른 냄새 남을까
후, 팔랑거릴 수조차 없다
조각난 몸짓 들어올리면
그들이 남기고 간 발자국 뚜벅
글 한 줄 남기지 않고
간다 간다고 이제, 간다고
소리조차 낼 수없는 숨, 내쉰다
어둠 검게 울어줄 때면
you

망연

타래로 엮인 여름
바람이 만들어 놓은 한 올
작은 언덕에 앉아 있는 시선을 따라
뭉게뭉게 새털처럼 날리는
시간들을 눈에 담으려 움직이지 않는다 조금도
뿜어지는 연기 하늘보다 더 깊게 가라앉는다
파고드는 삶 애써 웃는다
뒷모습, 목소리조차도 들려주지 않고
자실하게 가버린 친구

땀인 척 빗물인 척 닦아도
지워지지 않는
친구
그

념

의미를 지우는 하늘
세상을 품은 볼록거울

비의 발자국을 덮는 그림자에 숨어
걸음을 내딛지 못하는 트로이목마
하, 덥다 담배 한 가치만

노란 가치는 기록할 수 없어
진실 또 묵

요미

디지털공화국 스마트한 감성
뱉어내는 음률은 말춤을 추게 하고
높게 솟은 빌딩들과 반짝이는 차들의 라이트
손맛들의 나들이와 화려한 옷들의 워킹
바람난 선남선녀들의 물침대
대~한민국

주인인 줄 아는 노비
갑과 을만 존재하는 세상에
등 따시고 배라도 부르면 천만다행
라운지 위에 있는 회장님의 눈빛에 춤추는 인형극
껍데기만 남은 공갈빵 대출인생
대한민~국

회장들과 모사하는 정치꾼들의 웃음
그걸 욕하며 또 부리려는 다른 꾼들
타짜도 손기술은 예술이라고 하지 '요미' 라고
시는 없고 종이와 잉크만 남아, 소주 좀 마시고
이 밤을 화악~ 찢어불랑께
요미민~국

머니제라블

뭐니 머니 하면 머니 뭐니하고 돌아오지
나비에게 비를 견디라고 말하지 빨갛게
싫으면 바람이 되면 될 것을 게을러서라하지

날개를 달고, 달고 날 수 있는 것은 아닌데
숨쉬고 있다고 사는 것도 아닌데, 아닌데

질척거리는 가난을 걸으라 툭 던져놓고
떼고 지우지도 못하게 해놓고 네 선택이었다 하지
주저앉아 울지도 말라지 뛸 시간이라고
뭐니, 머니

놀음채

쓰디쓴 하루를 마시며
추억의 사진 속에 내가 없음을
본다 하루를 잠깐으로
본다 어제의 그 시간들
맛을 담근다

이자가 얼마라도 좋다
많이 더 많이 빌릴 수만 있다면
좋다 오늘이 즐겁다면
좋다 내일의 압박을
돌려 막는다

땡겨 쓴 놀음채는 갚지 않아도
된다 어디에 걸어도 승률은 있으니
된다 되는 놈이라고 생각을 하면
그냥 내일을 오늘로 땡겨
갑을 한다

여의도, 2014

은빛 동전을 던진다
뱅글 뱅글 뱅그르르
자유비행을 바라는 학의 바람
손바닥 위에서 멈춰 올까 안 올까
태양을 찾는다

은빛 동전을 던진다
뱅글 뱅글 돌아가는 선택
바람을 덥고 어둠을 찾는다
빛을 잃은 태양 태양이 아니다
희망 없는 하늘 볼 수 없다
비를 기다린다

하늘마저 외면하는 바람
차라리 폭우를 부른다
달리고 싶다 오늘도 두 바퀴로
경적을 울리며 다가오는 까만 위협
비에 젖은 학이라도 자유롭게
은빛 동전을 던진다

커피보다 진한

뱉을 수도 없게 딱 잡고
달콤함 뒤에 밀려오는
시간이 참 쓰다
에스프레소

에스프레소

안다
참 아플거라는
알기에 더 절실하게
시작하련다
또

쓰다
참 쓰다
그 맛을 잊을 수 없어
움켜쥔다
또

인지생략

over a wall
poetry for literary coterie
5

2014년 맥놀이 제1집

커피보다 진한

2014년 01월 13일 초판 1쇄 인쇄
2014년 01월 18일 초판 1쇄 펴냄

발행인 | 김재현
발행처 | 맥놀이창작동인
카   페 | cafe.daum.net/Maengnori

펴낸이 | 송계원
디자인 | 송동현 한상욱 박향선
펴낸곳 | 도서출판 담장너머
등   록 | 2005년 1월 27일 제2-4102
주   소 | 100-272 서울시 중구 필동2가 84-10, 105호
전   화 | 02-2268-7680
이메일 | overawall@hanmail.net
카   페 | cafe.daum.net/overawall

2014 ⓒ 맥놀이창작동인

ISBN 89-92392-33-4 03810
CIP제어번호 : CIP2014001235
값 8,000원